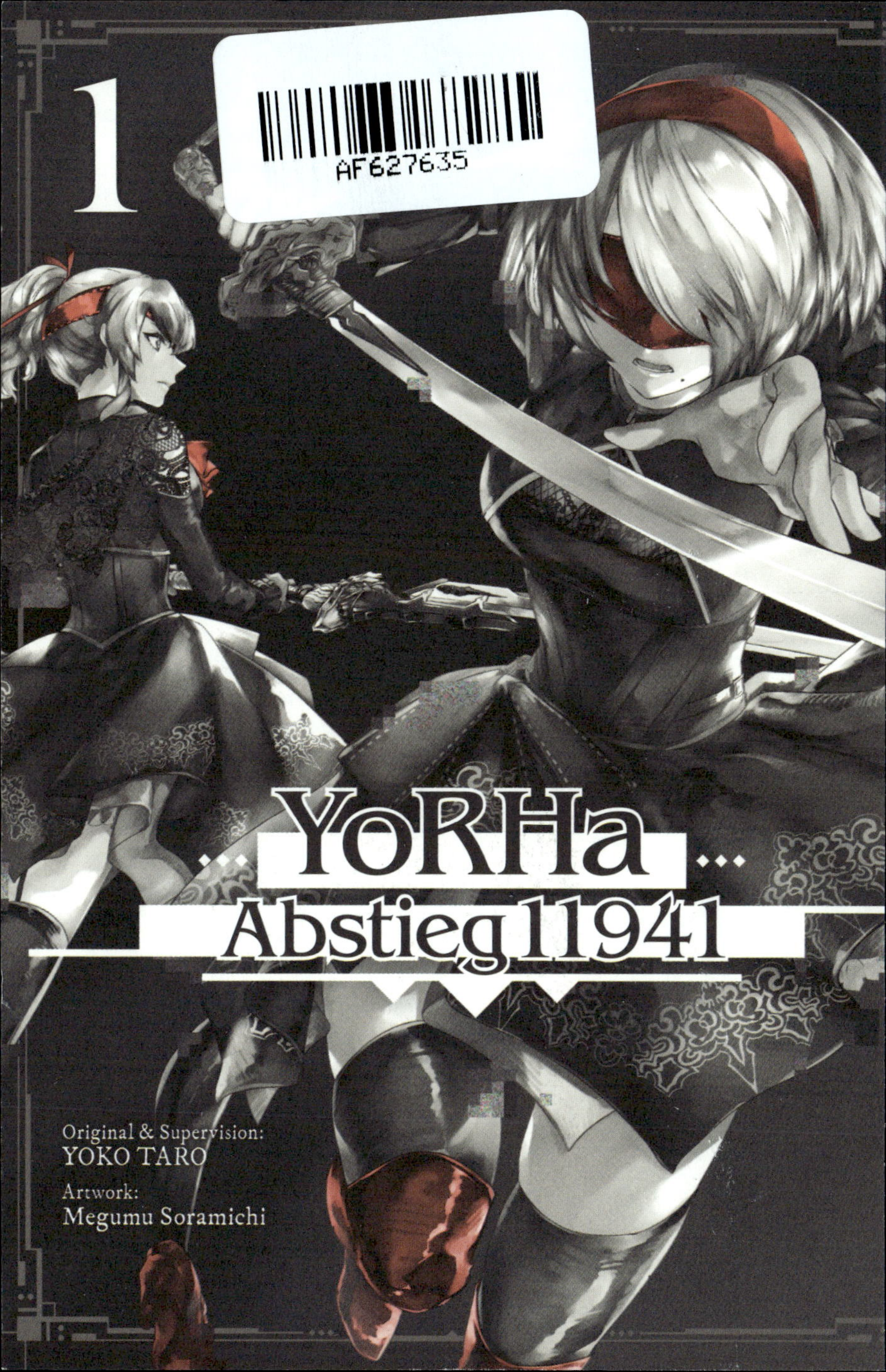

1

YoRHa Abstieg 11941

Original & Supervision:
YOKO TARO

Artwork:
Megumu Soramichi

Inhalt

Das Jahr 11
Gasch
ガシャ
Gasch
ガシャ
Gasch
ガシャッ
Gasch
ガシャ
Gasch
ガシャ

Tschack

Bwiiii
Bwuuu
Dosch
Ein Feind!
Ein Feind!

Sie hat unseren Freund getötet!
Unver-zeihlich!
Srrt
Haltet den Mund.

Kapitel 1
Dies sind meine Erinnerungen an den Krieg.

Vier Jahre zuvor
8. Dezember 11.941
Stratosphäre
Das ist also das Meer.

Fwooooh
Es ist wunder-schön.
Nr. 2

2, wozu betonst du das Selbst-verständ-liche?
Nr. 16 ...

Hey, wie es auf der Erde wohl so ist?
Nr. 4
Na, wie in den Simulationen, oder?
Das meine ich nicht!
Nr. 21
Wen interessiert das Meer oder die Erde?
Nr. 16
Wir sind mitten in der Operation »Abstieg«.
Lasst das unnütze Gerede.
Okay.
Du bist immer so ernst, Nr. 3.

45 Minuten nach Beginn der Operation »Abstieg nach Pearl Harbor«.
Ha ha!
Mit etwas Gelassenheit laufen Missionen manchmal glatter.
Nr. 1 …
Das klingt ganz nach unserem Hauptmann.
Der 14. Maschinenkrieg.
Fwosch

16 teil-
nehmende
Einheiten.
Der Planet
Erde, der
sich vor uns
ausbreitet
…
…
ist nicht
mehr der
Planet der
Menschen.

Vor langer Zeit, im Jahr 5012 ...
... stand die Menschheit durch eine Alien-Invasion ...
... und deren Maschinenwesen am Rande der Auslöschung.
Die Menschen flüchteten auf den Mond und errichteten in der Erdumlaufbahn eine Basis.
Sie entwickelten Androiden, um gegen die Maschinen zu kämpfen.
Das ist die Geschichte dieses Krieges, wie sie uns Androiden vermittelt wird.
Bunker, vor der Operation
Ihr werdet mit mir zu einer Operation aufbrechen, um die Erde zurückzuerobern.
Seit dem Überfall der Aliens sind einige Tausend Jahre vergangen. Bis heute konnten wir ihnen keinen entscheidenden Schlag versetzen.

Diese Operation wird zu einem Wendepunkt im Krieg gegen die Maschinenwesen werden.
Macht euch bereit.
Nr. 1
Aber in den Trainingssimulationen habt ihr ja alle hervorragende Resultate erzielt.
Wenn ihr diese Leistungen abruft ...
... sollte es bei der Durchführung der Mission keine Schwierigkeiten geben.
Verstanden.

Haupt-mann Nr. 1 scheint wirklich eine verlässliche Anführerin zu sein, nicht wahr?
Rutsch
Rutsch
Nr. 4 ...
Ja.
Einen Haupt-mann wie sie zu haben, ist sehr beruhi-gend.
Die Schwadron für diese Operation besteht aus neuen Androidenmodellen.

Die Maschinenwesen und die Androiden befinden sich schon seit vielen Jahren in einer Pattsituation.
Um sie zu durchbrechen, wurden neue Infanterie-Androiden entwickelt, die auf den Kampf spezialisiert sind.
Sie werden »YoRHa« genannt.
Das sind wir.

In den Simulationen habe ich nur durchschnittliche Ergebnisse erzielt.
Obwohl ich mich auf die Mission konzentrieren müsste, bin ich angespannter als nötig.
Ich frage mich, ob ich die Operation ordnungsgemäß durchführen kann …
Bitte kommen, Bunker.
Hier ist YoRHa-Schwadronsführerin Nr. 1.

Die Operation verläuft reibungslos. 40 Minuten bis zur Ankunft am Zielort.
Keine Anzeichen feindlicher Aktivitäten.
Das wird ein Leichtes!
Hier ist das Bunker-Kommando.
Bestätige Wiederherstellung der Kommunikation mit allen 16 Einheiten der Schwadron.
Kommandantin White
Satelliten-Orbitalstation
OFFLINE
OFFLINE

Operator Futaba
Alle Einheiten haben den Punkt maximaler Erhitzung passiert.
Operator Yotsuba
Die Panzerungen kühlen gegenwärtig ab.
Wachsam bleiben, Nr. 1.
Kommandantin, Sie machen sich zu viele Sorgen.
Der Kommandantin so etwas zu erwidern, ist auch typisch Nr. 1.
Sie ist unglaublich.

Sie ist sowohl vom Intellekt als auch den Kampffähig-keiten her spitze …
… und eignet sich von uns allen am besten zur Anführerin.
Wenn sie sagt, dass alles gut wird, dann …
… wird alles gut.
Gnn
Wenn ich es wie im Training mache, kann selbst ich …

Bwomm
?!

Nr. 1 wurde getroffen!
Was?!
Nein! Nr. 1?!

Nr. 12 wurde getroffen!
Nr. 13 wurde getroffen!
Nr. 14 wurde getroffen!
LOST
LOST
LOST
LOST
OFFLINE
Was zum Teufel passiert da?!
Ein Lenklaser. Er wird anscheinend ...
... von der Erdoberfläche aus abgefeuert.

Die Flugeinheiten stehen unter direktem Beschuss!
Abschusspunkt bestätigt.
Es ist Johnston Island!
Diese verdammten Maschinen ...
... haben sich weiterentwickelt.

Ich erteile euch die Erlaubnis ...
... die gesamte Insel in die Luft zu jagen.
Satellit D132 ist in 24 Sekunden in Position für einen Laserangriff.
OFFLINE
Pzamm
Pzamm
Verdammt, von so was war nie die Rede!
Krrrz
Krrrrzt
Wir brauchen Hilfe!

Das kann nicht sein ...
Nr. 1 ... Der Hauptmann ist ...
Nr. 2!
Bitte kommen, Nr. 2!
Hah
はっ
Verlust von Hauptmann Nr. 1 bestätigt.
Dem Operationsprotokoll folgend gehen die Befugnisse des Hauptmanns nun auf Sie über, Nr. 2.
Bitte bestätigen Sie die Übertragung der Befehlsgewalt.
J... Ja!
Ich ... bin jetzt der Hauptmann.
Verstanden!

Wenn wir in enger Formation flie- gen, erwischen sie uns alle!
Alle Einheiten, ausschwär- men!
Fwosch
Pzamm
Pzamm

Bleibt ruhig! Wenn wir uns wie im Training verhalten ...
... dann werden wir das über...
Neeeeeiin!
Domm
Pi
Piep
LOST
!

Fwipp
Kommando! Ist der Unterstützungsangriff noch nicht bereit?!
Swusch
Fünf Sekunden, bis der Satellit D132 in Schussposition ist.
Aaaah!
Domm

Domm
Wenn das so weiter-geht …
Kom-mando!
Schuss-position erreicht.
Feuer-erlaubnis für Laser erteilt.
3 …
2 …
Pzamm

doooomm

Der Beschuss hat aufgehört.
Wir ... haben es überlebt!
Hah はぁっ
Hah はぁ
Hah はぁっ

Wurde die Insel restlos vernichtet?
Feindliche Stellung ist verstummt.
!
Halt, Wärmequellen im Anflug.
Piep Piep
Ballistische Kurzstreckenraketen!
23 Stück, Entfernung: 42.000!
Zosch
Es sind noch Feinde übrig?!

Schießt sie ab.
V... Verstanden!
Setzen YoRHa-Schwadron-Ausrüstung F15 ein.
Dosch
Katschack
Ksching

Initiieren Abfangen!

Diese Einheiten sind die einzigen, die noch übrig sind!
Sende voraussichtliche Flugbahndaten der ballistischen Raketen an alle Einheiten.
Brrz
Brrz
Bwiii
Badooomm

So geht das!
Passt auf, es kommen noch mehr!
Los, Nr. 4!
Ja!
Bwomm
Bwomm
Bwomm

Sratsch
Ge-
schafft
...

Nein,
da kommt
noch eine!
Schwärmt
aus!
Das
schaffen
wir nicht
rechtzei-
tig!
Aktiviere
Magnet-
schild!

Paziiing
Zasch

Doooomm

Krrz
Verbindung unterbrochen.
Krrz
LOST
NO SIGNAL
Das war eine EMP-Bombe!
Schaut nach, ob ihr Signale von den Blackboxen der YoRHa-Schwadron erhaltet.
...!
Signale erfasst.
Es sind drei ...
... vier.
Vier YoRHa-Einheiten haben überlebt!

Der Magnet-schild scheint Wirkung zu zeigen.
Vier Einheiten der YoRHa-Schwadron ...
... haben also über-lebt.
Versucht, sie weiter per Laser-kommunikation zu erreichen.
Verstanden.
Neue Modelle ...
... wir zählen auf euch.

Wach auf, 2.
Wupp
ゆさ
ゆさ
Wupp

Mmh ...
Nr. 16 ...?
Guten Morgen.
Oh ...
Hock nicht so schlaftrunken herum!
Brüll
!
L...
Lagebericht!

Angreiferinnen Nr. 2 ...
... und Nr. 4 sind unversehrt.
Schützin Nr. 16 ist unversehrt.
Ich, Scannerin Nr. 21 ...
... bin unversehrt.
Die genannten vier Einheiten sind erfolgreich in feindliches Gebiet eingedrungen.
Nach dem Tod von Hauptmann Nr. 1 wurden ihre Befugnisse auf Nr. 2 übertragen.

Das ist alles, Hauptmann.
Ich ...
... bin der Hauptmann ...
Gnn
Fssch
Fsssch
Fsssch

Wir sind auf der Erde ...

Starr keine Löcher in die Gegend, 2!
Du bist der Hauptmann, klar?!
ビクッ
Schreck
J...
Ja! Tut mir leid!
ぱっ
Poff
ぱっ
Poff
Ist ja nicht so, als wären wir gerade in unmittelbarer Gefahr, Nr. 16.

Was erzählst du da? Nr. 1 ist doch tot, oder nicht?
2, was sollen wir machen, wenn du nicht wachsam bleibst?!
Ausgeschlossen ...
Ich kann ...
... kein Hauptmann sein ...
Wie auch immer ...
Nr. 21, ich bin froh, dass jemand so Ruhiges wie du überlebt hat.

Das sehe ich genauso.
Ha ha ha
Andere Modelle neigen dazu ...
... emotional zu sein und es an Beherrschung mangeln zu lassen.
Wie war das?
Aber lassen wir das mal beiseite.
Wir sollten jetzt lieber unser weiteres Vorgehen diskutieren.

Wie man es auch betrachtet, mit nur vier Einheiten ist die Durchführung der Operation nicht möglich.
Aus diesem Grund, Nr. 2 ...
Ja?
... werde ich das Kommando kontaktieren und den Abbruch der Mission erbitten.

O... Okay!
Ich denke, das ist eine gute Idee!
Dann stelle ich jetzt die Verbindung zum Kommando her.
Selbst in Momenten wie diesem bleibt Nr. 21 ruhig.
Sie ist großartig.
Die Laserkommunikation scheint wieder zu funktionieren.
Piep Piep
Kommando, bitte kommen.

Krrz
Krrrz
Hier Kommando.
Kommando … … unter den gegebenen Umständen ist die Durchführung der Operation nicht möglich.
Von 16 Einheiten sind gegenwärtig vier übrig.
Das sind zu wenige, um den Auftrag auszuführen.
Die Mission ist fehlgeschlagen.
Ob wir zum Bunker zurückkehren und uns neu formieren?
Sie werden wohl eine neue Schwadron zusammenstellen.
Ich wiederhole:
Erbitten Abbruch der Operation.
YoRHa-Schwadron …

Kommando an YoRHa-Schwadron:
Der Abbruch der Operation wird nicht genehmigt.
Was?
Ja, aber ...

Die Operation wird mit der minimalen Zahl an Einheiten durchgeführt.
Wa...
Der Befehl ist endgültig.
Es wird keine weiteren Änderungen geben.
Das ist doch nicht wahr ...
Das ist absolut unmöglich!
Laserkommunikation Ende.
Kommando!
Brrz

Sie haben die Verbindung getrennt.
Bwunn
Das glaube ich jetzt nicht.
Wir sollen mit nur vier Leuten die Operation durchführen?
Obwohl sogar Nr. 1 tot ist.
Das schaffen wir nie ...
Ver-dammt!
12 Einheiten wurden zer-stört!
Bonk

Was denkt sich das Kommando dabei?!
Was machst du denn für Sachen?
Das Visier zu entfernen, ist doch gegen die Dienstvorschriften.
FWIPP
Wenn ich dieses Ding trage, kann ich nicht ordentlich zielen!
Und du musst gerade reden!
Hm?

Das ist nur eine persönliche Anpassung.
Und meine Frisur will ich auch gerne aufhübschen.
Sag mal ...
... begreifst du überhaupt unsere Lage?!
Schimpf
Schimpf
Ieeeks!
Immer mit der Ruhe, ihr zwei!
あわ Panik
あわ Panik
Be-herrscht euch, o... okay?

Für einen Hauptmann ...
... scheinst du deine Emotionen nicht besonders gut unter Kontrolle zu haben, Nr. 2.
I... Ich ...!
Sie kann nichts dafür.
Poff
Schließlich erwarten wir aus heiterem Himmel von ihr, eine Anführerin zu sein.
Noch dazu war Nr. 1 die beste Anführerin, die wir hatten.

Und diese Anführerin ist während des Abstiegs nun mal plötzlich gestorben.
Nr. 1 ...
Den Platz eines so verlässlichen Hauptmanns einzunehmen ...
Diese Bürde ist zu schwer für mich.
Hmpf!
Wenn man vom erstbesten Angreifer abgeschossen wird, ist Führungsstärke auch nichts wert.

Und überhaupt ...
... wenn es um bloße Kampfkraft geht ...
... bin eigentlich ich diejenige, die ...
Nr. 16 ...
Wisst ihr ...
Wir sollten zuerst ...
...!
Wartet!

Ich fange Wärmesignaturen von Maschinenwesen auf.
Ihre Anzahl beträgt ...
Was?! Das ist unmöglich!

Ich regis- triere ...
... etwa 128.000 Einheiten.
Mehr als acht Mal so viele feindliche Truppen wie an- genommen sind auf dem Weg hierher!

Das ist doch ein Witz ...
Wir haben keine Wahl!
Tapp
»Wenn wir uns wie im Training verhalten, wird schon alles gut gehen.«
Fühlt sich an, als wäre es eine Ewigkeit her ...
... dass ich mal so gedacht habe.

Nr. 2 ...
Um zu siegen, müssen wir kämpfen.
So ist es doch, oder etwa nicht ...
... Hauptmann?
Sie hat recht.
Wir haben keine Zeit, um über müßige Dinge nachzugrübeln.
Ich muss mich zusammenreißen!

Unser Ziel lautet ...
... die Mission zu beenden und zum Bunker zu-rückzukehren!

Und zwar alle zusammen!
Wir werden siegen und überleben!

Visier

Ein Visier für den Kampfgebrauch, das die YoRHa-Modelle tragen. Zeigt allerlei Informationen zum jeweiligen Zielobjekt an.

Nr. 2
Ein Angreifer-Modell für den Nahkampf, verwendet ein Schwert. Ihre Persönlichkeitskonfiguration ist gewöhnlich und ohne besondere Merkmale. Sie ist schüchtern und hat kein Selbstvertrauen. Eine Notlage machte sie zum Hauptmann und obwohl sie etwas verloren ist, respektiert sie ihre Kameradinnen und bemüht sich, sie zu beschützen.
Kapitel 2

DO
DO
DO
Haaah!

ジャ
ツ
Tschk
Nimm das!
Tss!
Ganz schön zäh!
キ
Pazing

Nr. 2! Zu-
sammen!
Ja!
Srsch
Srsch
Srsch
Srsch

Wir kommen überhaupt nicht voran!
Auf diese Weise laugen wir uns bloß aus!
Gnn
Bwiiii
Das Bewegungsmuster des Feindes verändert sich.
Bereitet euch auf einen Gegenangriff vor.
Dwoooh

Nr. 2!
Hngh!
Dosch

Gegen …
Hah
Hah
Gegen so viele …!
Wir sind doch nur vier …!
Leute … Verzeiht mir.
So ein Mist!
Wenn das so weitergeht, gehen wir alle drauf!

Das lassen wir nicht zu!
Geht aus dem Weg!

Srrrt
Wer seid ihr?!
Das spielt keine Rolle. Die Maschinen sind unsere Feinde.
Da sie es auf euch abgesehen haben, zerquetschen wir sie!
Sind das ... Androiden?

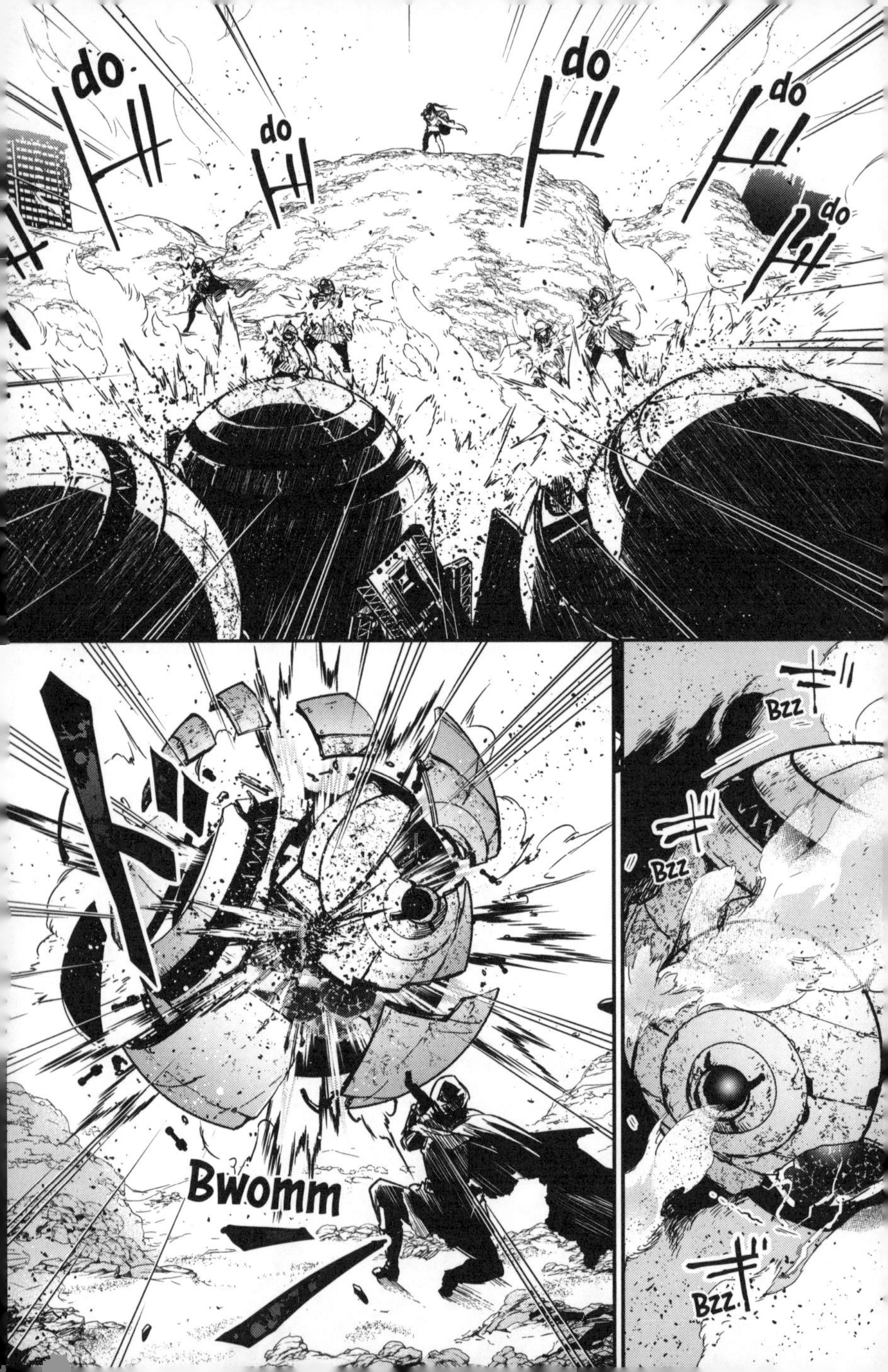

do
do
do
do
do
Bzz
Bzz
Bzz
Bwomm

Ihre Angriffe ...
... sind so effektiv?
Benutzt eure Thermalsensoren!
In den gekühlten Bereichen haben die Maschinen eine Gehirneinheit.
Das ist ihr Schwachpunkt.
V... Verstanden!

Thermal-
sensor an!
Thermal-
sensor einge-
schaltet!
Piep
Piep
Piep
Da!

Blamm
Blamm
Hiyaaah!
Blamm
Domm

Skrasch
Klatter
Klatter
Hah
Wir ... Wir haben sie besiegt!
Hah
Wie gefällt euch das?!
Das nimmt ja gar kein Ende!
Piep
Erfasse neue Feind-signale!
Sie schicken Verstär-kung!
Doch ...
Das ist schon okay so.

Wir haben alle Feinde an einen Ort gelockt.
Genau wie geplant.
Das verdanken wir euch.
Was?
Typisch Hauptmann Rose!
Haupt-mann!
Von den acht verlegten Senso-ren sind zwei tot, aber das ist kein Problem.
Das Funksignal ist auch gut.
Wir können es per Timer oder per Auslö-ser machen!

Bereite ...
... den Auslöser vor!
Zu Befehl!
M... Moment, was zum ...?
Macht euch keinen Kopf darum!
Wenn ihr nicht mit ihnen zusammen weggeblasen werden wollt ...
... verschwindet von hier!
Hä?!

Piep
Piep
Ihr sturen Blech-büchsen!
Piep
Fresst das!

Ka-
bumm!
Piep
Bwomm

Piep
Piep
Bunker
Minen-explosion bestätigt.
Die Maschinen-wesen treten den Rückzug an.
Was in aller Welt ...
Das war der Wider-stand.
Wider-stand?
OFFLINE
OFFLINE

Die Maschinenwesen, welche die Aliens vor Tausenden von Jahren auf die Erde geschickt haben ...
... produzierten immerzu neuere Modelle.
Ihr Plan war die Ausrottung der Menschheit.
Die Menschen flohen auf den Mond und wir sind nun ihre Stellvertreter.
Wir Androiden fungieren ...
... in der Erdumlaufbahn als ihre Verteidigungslinie.
Und um mit dem Feind mitzuhalten, setzen auch wir ständig neue Modelle ein.
Genau.

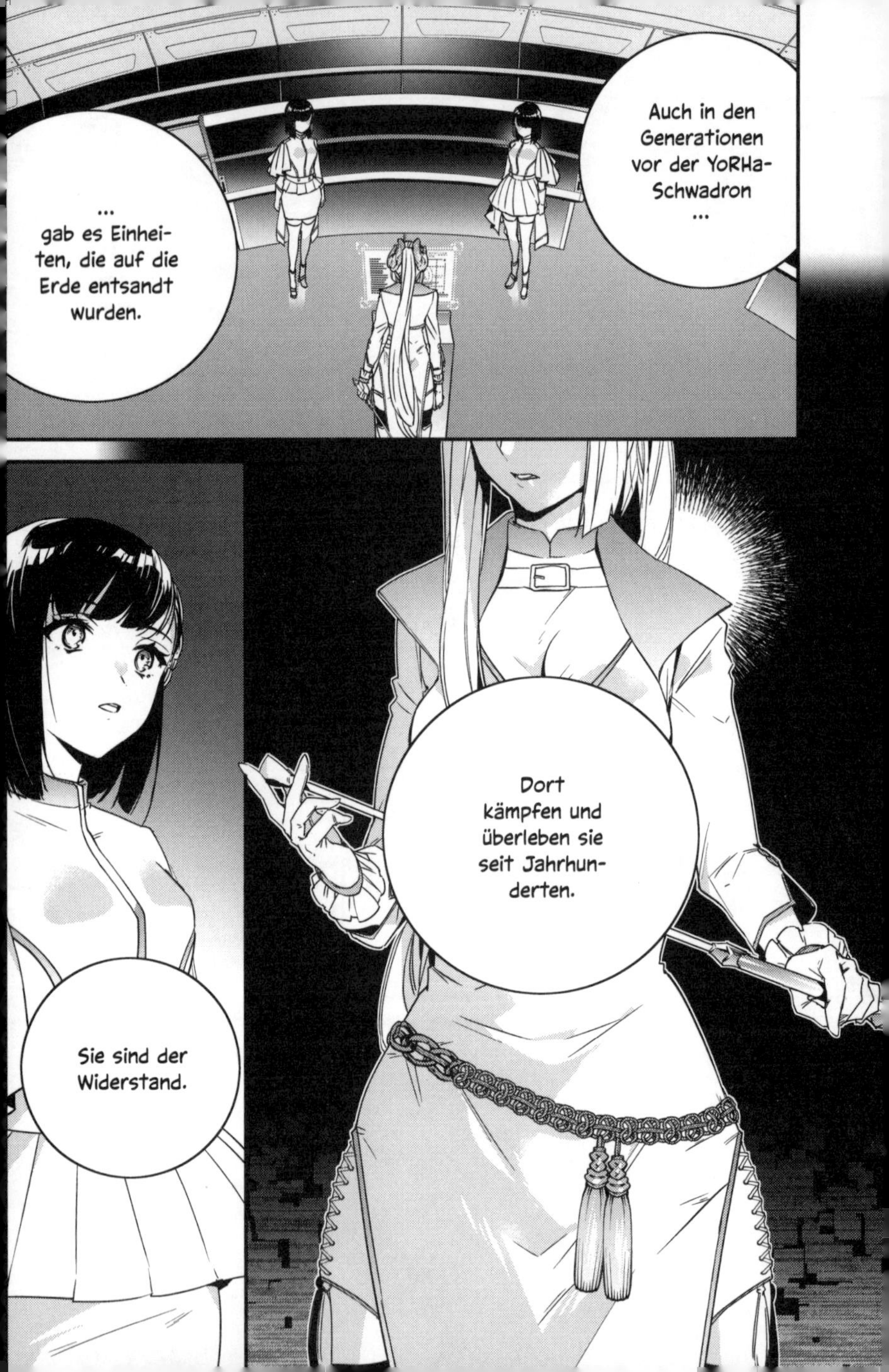
Auch in den Generationen vor der YoRHa-Schwadron ...
... gab es Einheiten, die auf die Erde entsandt wurden.
Dort kämpfen und überleben sie seit Jahrhunderten.
Sie sind der Widerstand.

Obwohl also nur vier YoRHa-Einheiten übrig sind ...
... könnten sie ihre Mission schaffen, wenn der Widerstand ihnen hilft!
Falls ...
... er ihnen hilft.
LOST LOST
LOST
LOST LOST
LOST
LOST LOST
LOST

Die Maschinenwesen haben sich zurückgezogen.
Schreck
は、
D...
Danke, dass ihr uns gerettet habt!
Wir sind ...

Tschk
Hey!
Was soll das, verdammt?
Wir hatten nicht vor, euch zu retten.
Wer seid ihr?
Wir stellen hier die Fragen.

Wer seid ihr?
Je nach Antwort ...

...
töten wir
euch an Ort
und Stelle!

Das Salutieren mit links

Anders als der Widerstand salutiert die YoRHa-Schwadron mit der linken Hand. Die Liebe zur Menschheit ist tief in ihrer Programmierung eingebettet. Mit dieser Geste drücken sie das Bewusstsein aus, dass es ihnen nicht erlaubt ist, das gleiche Verhalten wie ein so edles Geschöpf wie der Mensch an den Tag zu legen.

Kapitel 3

Nr. 4

Ein Angreifer-Modell, das in der Schwertkunst bewandert ist. Sie hat eine optimistische Persönlichkeit und wird schnell übermütig, doch sie ist auch scharfsinnig und übernimmt die Rolle der Stimmungskanone. Sie hat die mentale Stärke, selbst in ausweglosen Situationen die Hoffnung nicht aufzugeben und weiterzukämpfen.

Halt, halt, was soll das denn?!
Bitte tut es nicht!
Wir sind die neuen Androiden-Modelle!
Eure Verbün-deten!
Wir wurden auf die Erde ge-schickt, um die be-reits so lange an-dauernde Kriegslage zu wenden!
Unser Schwadrons-name lautet YoRHa!

Ach, ist das so?
Ihr seid einfach so aus dem Nichts hier aufgetaucht ...
... da können wir euch nicht eben schnell trauen.
Außerdem, was wollt ihr mit nur einer Truppe schon ausrichten?
Unsere Mission hat keine groß angelegten Gefechte mit dem Feind zum Ziel.
Hmm ...
Wenn ihr eine Spezialeinheit seid ...

Wusch
... was ist dann euer wahres Ziel?!
Ksching
Warte mal!
Anemone, stopp!
Hauptmann Rose!
Die Maschinenwesen haben sich in letzter Zeit enorm weiterentwickelt!

Schauder
Vielleicht sind es Maschinen in Menschenform!
Hey, du!
Red keinen Schwachsinn!
Ieks!
Grapp
Hör auf! Fass Lily nicht mit deinen dreckigen Händen an!
Watsch
Wie war das?!
Willst du Zoff?!
Von mir aus gern!

Halt!
Swisch
Beruhigt euch bit-te alle!
Katsching
R... Reden wir do...
Srrt
Nehmt eure Waffen runter!

Auch wir wollen unnötige Konflikte vermeiden.
Allerdings sind die feindlichen Aktivitäten äußerst beunruhigend.
Da wir euch nicht kennen, können wir euch nicht ohne Weiteres vertrauen.
Zappel Zappel
U... U...U... Und was heißt das jetzt?!
Hört doch auf zu streiten!
Sei mal kurz still, Daisy.
Waaas? Willst du sagen, unsere Verhandlungen sind gescheitert?
Hey, keine Bewegung!

Was machen wir? Erschießen wir sie?!
Äääh!
Ich weiß nicht!
Wer sich uns widersetzt, ist ja wohl ein Feind!
Komm doch, wenn du unbedingt willst!

Aufhören!
Wusc
Aus dem Weg, 2! Ich erschieß dich gleich mit!
Grapp
Bitte nimm deine Waffe runter!
Hey!
Das soll wohl ein Scherz se...

Blamm
Wir ... waren 16 Kamera-dinnen.
Doch während des Abstiegs haben wir so viele verloren.

Das Kommando schickt uns keine Verstärkung.
Wir sind auf uns allein gestellt und müssen die Operation mit nur vier Leuten durchführen.
Was wir jetzt brauchen, sind Freunde!
Bitte versteh das!
Kameradinnen, Freunde ... Du bist doch kein Kind.
Nicht so voreilig.
Vielleicht schadet es ja nicht, sie anzuhören.

Auf sich allein gestellt.
Eine vom Mond im Stich gelassene Truppe.
Sind sie nicht genau wie wir früher?
Früher?
Mein Name ist Rose.
Ich habe hier das Kom-mando.

Wir sind alle Androiden einer viel älteren Generation, als ihr es seid.
Die Über-lebenden der achten Abstiegs-operation.
Die achte?
Aber ist die nicht schon 200 Jahre her?
Wir haben all die Zeit über auf der Erde gekämpft.
Lange bevor ihr überhaupt erschaffen wurdet.

Eine ausgeklügelte Strategie, neue Waffen ... und viele Gefährtinnen.
Mit der damals größten Kampfkraft ...
... wurden wir auf die Erde entsandt.
Doch unsere Operation scheiterte.
Wie konnte eine ...
... so groß angelegte Operation scheitern?
Den Aufzeichnungen zufolge entstand Chaos in der Befehlskette ...
... und die oordination wischen den upps brach usamm...
Das ist eine Lüge!

...
Die Maschinenwesen reagierten, wie wir es nie für möglich gehalten hätten.
Sie studierten unsere Taktik, unsere Waffen, selbst unsere Kommunikationstechnik ...
... und entwickelten Gegenmaßnahmen.
Unsere Waffen wurden nutzlos ... die Zahl der Feinde immer größer ... und die unserer Kameradinnen ...
... schwand dahin. Der Plan zerfiel.
Doch selbst unter diesen Umständen befahl der Menschheitsrat auf dem Mond die Fortsetzung der Operation.
Dabei konnte jeder sehen, dass sie unmöglich durchzuführen war.

Wir hatten Glück, dass wir mit dem Leben davonge- kommen sind.
Die 200 Jahre seit- dem ...
... haben wir alleine und ohne Hilfe gekämpft und überlebt.
Na, was sagt ihr?
Das klingt doch wie bei euch, oder?

Ihr wurdet wie wir ...
... vom Mond im Stich ge-lassen.
Vom Mond ...
... im Stich gelassen ...

Uns erreicht ein Bericht, dass die YoRHa-Schwadron zum örtlichen Wider- stand gestoßen ist.
Sie sind zehn Kilometer von ihrem Zielort Berg Ka'ala ent- fernt.
Verstehe.
OFFLINE
Verfluche uns nicht dafür ...
... Nr. 2.

Verflu-
chen?
Hast
du etwas
gesagt?
Klack
Nein.
Haltet
euch bis
zum nächsten
Bericht in Be-
reitschaft.
Zu Be-
fehl.
Entschuldi-
gen Sie uns.
Klack
Klack
Klack

Kommandantin.
Ich habe eine Frage.
Tapp
Die da wäre?
Futaba ...?
Es gibt keine Aufzeichnungen über Androiden im betreffenden Gebiet.
Wer steckt also hinter dem Widerstand?
Futaba!
...
Die achte Abstiegsoperation ...

160 Androiden wurden abgeworfen. Es war die größte Operation aller Zeiten.
Sie endete jedoch in einem Fiasko.
Aber ...
... diese Einheiten überleben eigenständig und halten die Stellung.
Wir könnten einen Bericht mit der Bitte auf Bergung den Men- eitsrat ...
Das ist nicht nötig.
Das ist die Art von Truppe, die sie sind.

Futaba, war das deine einzige Frage?
Ja.
!
Gwapp
Es heißt, dass Stress durch lange Dienstzeiten ...
... einen überaus schlechten Einfluss auf unsere künstlichen Gehirne hat.
Es wäre gut, dich mal durchchecken zu lassen.

...
Vielen Dank ... für Ihre Sorge.
»Es wäre gut« ...
Ach ja?
Klack
Klack
Klack
B... Bitte entschuldigen Sie uns.
Klack
Klack
Trappel
Trappel
Trappel

Ha ha ha
Ha ha ha
LOST
OFFLINE
Wer ist hier diejenige, die sich durchchecken lassen sollte?
oRHa

Hmm …
Sie töten sich nicht gegenseitig, was?
Androiden sind seltsam.
Androiden sind seltsam.

Ich wünschte, sie würden einander töten.
Genau. Ich wünschte, sie würden einander töten.
Ich wünschte, sie würden ihr Leben verlieren.
Ich wünschte, sie würden ihr Leben verlieren.

Kapitel 4
Der 14. Maschinenkrieg.
Operation »Abstieg nach Pearl Harbor.«
Das Ziel: Den Server der Maschinen zerstören.
Er befindet sich tief unter dem Berg Ka'ala, der über ...
... der Insel O'ahu emporragt.
MAIN SERVER
Um den unterirdischen Server zu erreichen, muss ein Aufzug an der Spitze des Berges benutzt werden.
Das ist also eure Mission, grob zusammengefasst.
Ich hätte nie gedacht ...
... dass sich der Hauptserver an so einem Ort befindet.

Um unseren Auftrag zu erfüllen, benötigen wir Kampfkraft.
Wir möchten euch bitten, uns zu helfen.
Sobald wir das Lager des Widerstands erreichen, geben wir euch ...
... die Informationen, die wir über die Maschinen gesammelt haben.
Aber ob wir selbst an der Operation teilnehmen ...
... kann ich euch jetzt noch nicht sagen.
Ob wir bereit sind, unser Leben für eure Mission aufs Spiel zu setzen ...
... müssen wir erst noch besprechen.

Haupt-
mann
Rose.
Bringen
wir die wirk-
lich in unser
Lager?
Ich bin
dagegen.
Es ist zu
gefährlich, mit
ihnen zu reisen,
wenn wir nicht
wissen, ob sie
Freund oder
Feind sind.
Das ist
wahr.

Aber ...
... wenn das wirklich die neuesten Modelle sind ...
... könnten sie vielleicht den Kriegsverlauf ändern.
Es ist doch keine so schlechte Idee, auf diese Chance zu setzen.
Das mag sein, aber ...
... wir haben keine Möglichkeit zu überprüfen, ob sie lügen.

Wenn sie dazu noch die Wahrheit über uns herausfinden ...
Anemone.
Wir ziehen erst die Waffen ...
... wenn wir sie als Feinde einstufen.
So haben wir auch bisher überlebt ...
... oder etwa nicht?

Nr. 16
Ein Schützen-Modell, spezialisiert auf das Schießen aus großer Distanz. Sie hat eine grobe, maskuline Persönlichkeit und ist recht einfach gestrickt. Auch ihre Ausdrucksweise ist überaus rau, doch hin und wieder blitzt ihre kameradschaftliche und gutmütige Seite auf.

Kapitel 4

Wow!
So große Pflanzen.
Es gibt Berichte über Gigantismus der Vegetation ...
... nach dem Niedergang der Menschheit.
Verstehe.
Apropos riesig ...
Eins frage ich mich schon die ganze Zeit.

Was soll bitte dieser mollige Körpertyp?!
Bist du ultraschwer bewaffnet?!
Baaamm
Das weicht doch deutlich vom Standardkörper ab.
Hi hi hi
Ah ...
Daisy ist ein experimentelles Modell, eine Basisverteidigungseinheit.
Basis...
...verteidigung?

Ich bin ein Modell mit größerem Speicher und dickerer Rüstung.
Und ich habe zwei Fusionsreaktoren.
Na ja, darum muss ich allerdings auch eine Menge Wasser aufnehmen.
Ich habe gehört, dass dieses Modell wegen des hohen Kraftstoffverbrauchs nicht in Serie gegangen ist ...
Äh ...
Ja, schon ...
Krtz
Krtz
... aber ...
... wenn ich mich nicht irre, war es ursprünglich als Back-up-Einheit für Vorgesetzte gedacht, richtig?

Dann ist die da auch ein Sonder-modell?
Dieser Knirps ist ja wohl kaum für Kampfeinsät-ze gemacht, oder?
Sie ist klein und die dünnen Arme und Beine sehen aus, als würden sie so-fort bre-chen.
Was stellst du dar?
Bist du die kleine Prinzessin hier?

Du nervst mit deinem Gelaber.
Wenn du Streit suchst, mach hin und zieh deine Waffe!
Wie war das?
Was ist dein Problem?
Willst du kämpfen?
Hey, ihr beiden, was soll das denn?
Nr. 4 ...
Flüster
Klappe, 2, du nervst!
A... Aber ...

Hört auf!
YoRHa-Schwadron ...
... wer ist euer Anführer?

ス
Sst
Du bist doch der Hauptmann.
Ihr seid eine Kampftruppe, also halte die Befehlskette aufrecht.
J... Ja ...
Zum Lager ist es noch ein langer Weg.
Lasst uns hier rasten.

Weg-
treten!
Puhaaa
Das weckt die Lebensgeister!
Das ist irgendwie nostalgisch, findest du nicht?

Diese Mädchen in Schwarz zu sehen ...
... hat mich daran erinnert, wie ich euch alle zum ersten Mal getroffen habe.
Wir ...
... kämpfen schon ziemlich lange.
Ha ha
Allerdings haben wir keinerlei Fortschritte gemacht.

Ich denke, das Wichtigste ist zu überleben!
Überleben ...
... ja?
Es ist ...
... als wären wir in einer endlosen Spirale ...
... des gegenseitigen Tötens gefangen.

Nein.
Du musst das ordentlich machen!
Ich sag's dir ...
Das ist total unnötig.
Was wollt ihr?

Ähm ...
Es scheint, als wollte dir Nr. 16 etwas sagen.
Los!
Nein, will ich gar nicht!
D...
Das ist ein Befehl deines Hauptmanns!
...

Pah!
Tja ...
Also eben, da bin ich ...
... zu weit gegangen.
S... Sie versucht, sich zu entschuldigen!
ポカン
Verdutzt
Nr. 16 hat vielleicht eine Schraube locker, aber im Grunde ...
... ist sie keine schlechte Person.
Eine Schraube locker?
Also ...

Dann geht euch bei Daisy und Lily entschuldigen.
Das werden wir gleich!
Aber ich dachte, als Erstes entschuldigen wir uns bei dir, Dahlia, da du am wütendsten warst.
Von mir aus.
Dann ... vergibst du ihr?
Da gibt es nichts zu vergeben.

Wir haben mit euch nichts zu tun.
Hey, Dahlia!
Tut mir leid.
Dahlia hat auch ein zieeemlich loses Mundwerk.
Oh
Schon gut.
Aber in dem Punkt ...
... ist sie Nr. 16 ein wenig ähnlich.
Hi hi
Was?!
Du willst mich wohl verarschen!
Krsch
Anemone?

Meine Wartung ist abgeschlossen.
Ich werde die Umgebung kontrollieren.
Au!
Durch den Kampf vorhin leiden deine Schultergelenke an Metallermüdung.
Die Teile müssen ausgetauscht werden.

Tut mir leid, dass mein Körper so spröde ist, Daisy.
Was redest du da?
Krsch
Oh ...
Äääähm ... Du bist Nr. 21 ...
... richtig?
Frsch
Frsch
Ja.

Was macht ihr da?
Lilys Körper warten.
Ich sehe sie mir nach jedem Kampf an.
Verstehe.
FWIPP
ぱさ…
Nanu?
Ist das Tragen der Augenbinde bei euch YoRHas nicht Vorschrift?

Shff
Dann ist sie nicht zweckmäßig.
Außerhalb eines Kampfes nehme ich sie ab.
Ach so.
Wie dem auch sei, ich würde euch gerne etwas fragen.
Katschack
Was denn?
Ich sage es ohne Umschweife:

Es geht darum ...
... dass ihr Deserteure der achten Abstiegs-operation seid.

Ich kann hören, wie du dich anschleichst ...
... und aus dem Schatten heraus deine Waffe auf mich richtest.
Wir neuen Modelle sind euch in jeglicher Hinsicht überlegen.

Wenn du kämpfen willst ...
... nehme ich deine Herausforderung an.
Du und die andere ...
... ihr wisst über uns Bescheid, oder?
Was habt ihr vor?!

Nr. 4! Was ist los?!
Ane-mone?!
Haupt-mann Rose!
Die schnüffeln in unseren Angelegen-heiten rum!
Was?!

Was soll das heißen?!
Ihr seid also doch hinter uns her!
Srrrt

Was
...?

Nr. 2!
Seid ihr ekommen, m uns zu beseiti-gen?!
Was geht hier bloß vor?
Stopp, alle mitei-nander!

Lily?
Nr. 21 ...?
Das ist alles meine Schuld.
Nr. 16 hat recht.
Ich bin bloß ein Zivilisten-Modell.
Lily, das musst du ihnen nicht
Ich habe Nr. 21 alles erzählt!

...!
Ich wurde ...
... bei der achten Abstiegsoperation ...
... als Liebhaberin-Modell für eine hohe Offizierin eingesetzt.

Liebhaberin?
Tatsache ist wohl, dass sich einige Offizierinnen inoffiziell ...
... und eigenmächtig von solchen Modellen begleiten ließen.
Um mich zu beschützen ...
... ist Hauptmann Rose desertiert.
Hah
Zitter
Zitter
Zitter
...!
Lily ...
Hah
Hah
Ruck

Darum ...
... bin ich ...
Ich ...
Die Operation damals war die reinste Hölle.

Die Mission war waghalsig.
Wir verloren unsere Kameradinnen.
Die Maschinen wurden immer mehr.
Sämtliche Anfragen nach Verstärkung wurden ignoriert …
… und unsere Kräfte schwanden.
Aber …
… Lily hat sich stets um uns bemüht.

Doch nach und nach …
… begann unsere Vorgesetzte …
… ihren Stress an Lily auszulassen.
Jeden Abend hörten wir ihre Schreie.
Kein Tag verging ohne Wutausbrüche und Gewalt.
Aber …
… die Befehle einer Vorgesetzten sind Gesetz.

An ihre Weisungen gebunden, schauten wir weg und führten unsere Mission fort.
Doch ...
... eines Tages ...
Klatter
Ist jemand hier?
Flapp

Haupt...mann
...

... verlor Hauptmann Rose die Beherr-schung ...
... und schlug das Miststück halb tot.

Der Hauptmann wollte sich freiwillig stellen ...
... doch wir hielten sie auf und flohen aus der Truppe.
Das ist unsere Geschichte.
Das ist also der Grund ...
Da kommt es mir hoch.
Bevor ich Lily gefragt habe ...
... habe ich auf den Bunkerserver zugegriffen ...
... und bestätigt, dass ihr als Deserteure registriert seid.

Basierend auf dem, was uns noch bevorsteht ...
... kam ich zu dem Urteil, dass es notwendig ist, Informationen auszutauschen.
Meinst du damit, dass ihr weiterhin kooperieren wollt ...
... obwohl ihr wisst, dass wir Deserteure sind?
Ja, das will ich!
Eure Vergangenheit ist für uns nicht von Belang.

Wenn es eine Chance gibt, dass alle hier Anwesenden überleben ...
... dann will ich alles darauf setzen.

Wie kann ich sicher-gehen ...
... dass ihr uns nicht feindlich ge-sinnt seid?
Haupt-mann Rose.

Feind
...

... gesichtet.
?!
Ane-mone?!

Lily?!

YoRHa
Abstieg 11941

Assistenten:
hat.
Naomi
Yuta
2021. 4

Konzeptzeichnungen

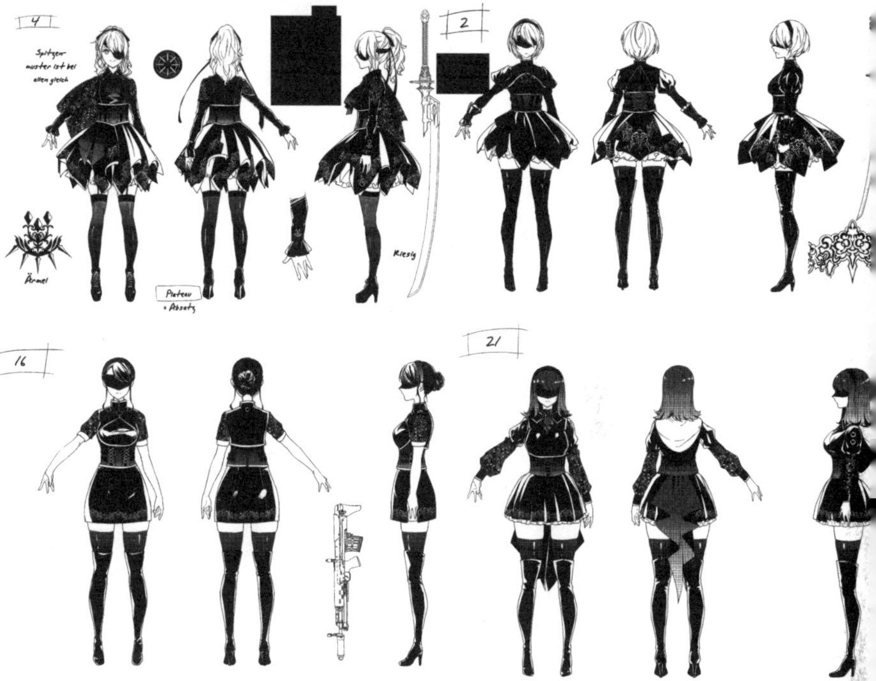

Grundsätzlich sollen ihre Verschmutzungen ins Auge fallen. Auch die Waffen sollen verdreckt sein und Sprünge haben. (Gerne mit Pinsel einfügen.)

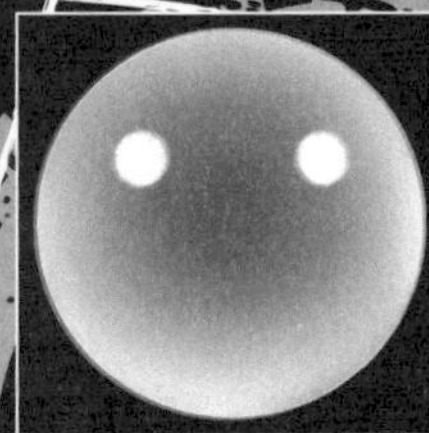

Artwork

Megumu Soramichi

Ich werde zum Nachdenken darüber,
wie das Leben sein sollte, angeregt.
Ich hoffe, ich werde den Mädchen
beim Zeichnen gerecht.

Story & Supervision
YOKO TARO

Ich wollte einen cleveren Kommentar schreiben, aber als ich gesehen habe, wie hübsch die von Soramichi gezeichneten Figuren sind, habe ich alles vergessen.

NieR Art - Kazuma Koda Artworks

Kazuma Koda

Das erste Artbook von Kazuma Koda, dem Concept Artist, der mit seiner Kunst die Welten von *NieR:Automata*, *NieR Re[in]carnation* und *NieR Replicant ver.1.22474487139*... maßgeblich mitgestaltete. Neben Artworks der Spiele enthält dieses Buch auch Illustrationen für Poster, CD-Cover und viele weitere Produkte aus dem NieR-Universum.

NieR:Automata World Guide - Berichte aus der Ruinenstadt
Square Enix

Lernt mit dem World Guide die Welt von *NieR:Automata* genauso gut kennen, wie die YoRHa-Soldaten, die verzweifelt darum kämpfen, sie zurückzuerobern. Enthält nicht nur Concept Art und exklusives Kartenmaterial, sondern auch zwei Kurzgeschichten aus der Feder von Jun Eishima.

Solo Leveling
Chugong | DUBU (REDICE STUDIO)

Seitdem Portale die reale Welt mit Dungeons voll von Monstern verbinden, sind Menschen mit speziellen Fähigkeiten erwacht, die Jagd auf diese Monster machen und so ihr Geld verdienen. Kann sich Jin-Woo Sung, der von seinen Kollegen nur »der Schwächste« genannt wird, an die Spitze kämpfen?

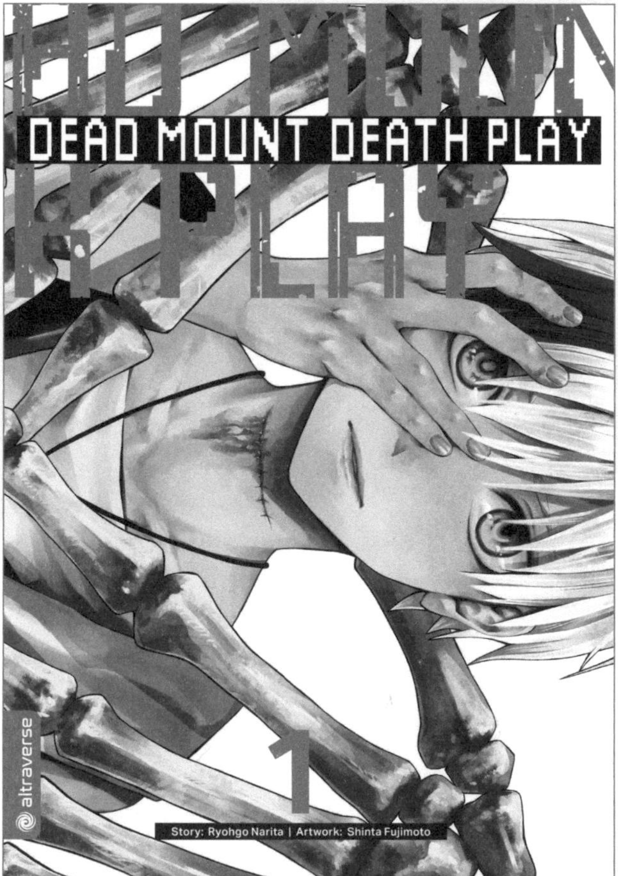

Dead Mount Death Play

Ryohgo Narita I Shinta Fujimoto

Der legendäre Unheilsbrecher und der fürchterliche Leichengott stehen sich zum finalen Duell gegenüber. Was der Unheilsbrecher aber nicht weiß: Der Leichengott hat vor, sich mit Magie aus der Affäre zu ziehen. Zu dumm nur, dass beim Wirken ebenjener etwas schiefläuft und er sich plötzlich im modernen Tokio wiederfindet …

Fantasy 16 +

SINoALICE

Yoko Taro | Takuto Aoki | himiko | Jino

Alles im Leben von Alice ist gewöhnlich – ihre Familie, ihre Freunde, sogar ihr Schwarm. Doch in ihren Träumen begegnet sie zwei unheimlichen Marionetten, deren gläserne Augen bis in die letzten Abgründe ihres Herzens blicken und ihr geheimstes Verlangen erkennen. So gerät ihre Realität aus den Fugen und sie findet sich in einem blutigen Spiel wieder, in dem es ums nackte Überleben geht.

Elainas Reise

Jougi Shiraishi | Itsuki Nanao | Azure

Seit sie ein Kind war, wollte Hexe Elaina frei und ungebunden durch das Land reisen und dabei die unterschiedlichsten Menschen und Länder kennenlernen. Ohne festes Ziel vor Augen treibt sie allein die Frage vorwärts, was sie in der großen, weiten Welt wohl als Nächstes erleben wird.

Adou

Amano Jaku

Durch die Straßen einer Stadt, die von Hektik und Lärm bestimmt ist, irrt ein Junge, der von kaum jemandem beachtet wird. Er wirkt hilflos und desorientiert, dabei geht von ihm die vielleicht größte Gefahr für die zivilisierte Welt aus ...

Virgin Road – Die Henkerin und ihre Art zu leben
Mato Sato | Ryo Mitsuya | nilitsu

Die junge Menou ist Henkerin, eine Auftragsmörderin im Dienst der Kirche. Als solche ist es ihre Aufgabe, sogenannte Verlorene – Menschen, die beim Übertritt in ihre Welt übermenschliche Kräfte erhalten – zu töten, bevor sie Chaos und Verderben säen können. Allerdings scheint Menous neues Ziel, die süße Akari, unsterblich zu sein ...

Fantasy 16 +

Goblin Slayer! Light Novel

Kumo Kagyu | Noboru Kannatuki

Zusammen mit ihren Kameraden gerät eine junge Priesterin in den Hinterhalt einer Horde Goblins. Sie wähnt ihr Schicksal schon besiegelt, als plötzlich eine Gestalt in Rüstung vor ihr erscheint und sie vor einem grausamen Tod rettet. Es ist der Goblin Slayer, ein einsamer Abenteurer, der nur ein Ziel hat: Goblins töten.

Goblin Slayer!

Kumo Kagyu | Kousuke Kurose | Noboru Kannatuki

Eine junge Priesterin schließt sich ihrer ersten Abenteurergruppe an, nur um sich kurz darauf in einem Goblin-Hinterhalt wiederzufinden. Doch sie hat Glück, denn Goblin Slayer hat sich genau diese Goblins als seine heutigen Opfer ausgesucht.

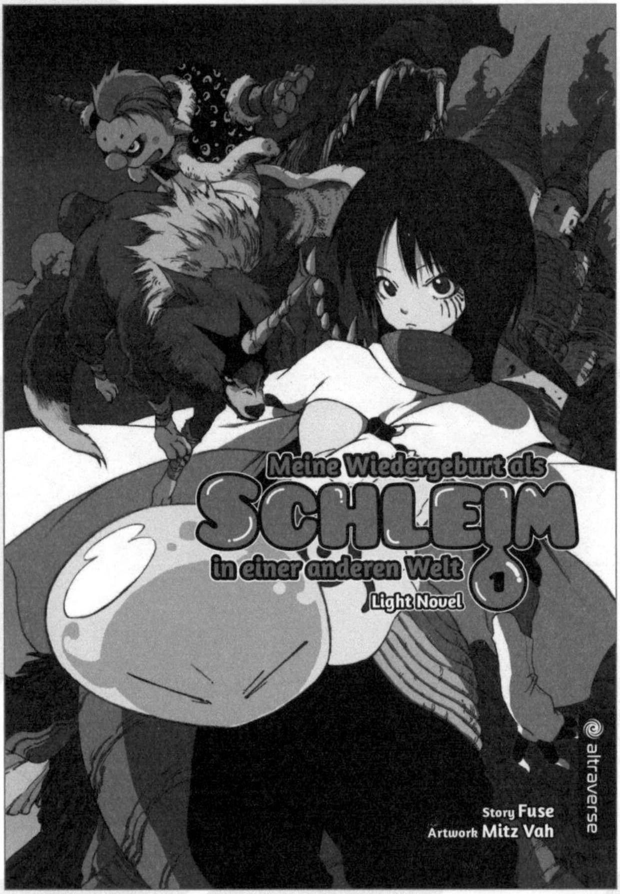

Meine Wiedergeburt als Schleim in einer anderen Welt Light Novel

Fuse | Mitz Vah

Als Satoru Mikami im Alter von 37 Jahren von einem Attentäter getötet wird, fällt der Vorhang für sein belangloses Leben – zumindest dachte er das! Plötzlich findet er sich in einer anderen Welt wieder und merkt, dass er als Schleim wiedergeboren wurde?!

Meine Wiedergeburt als Schleim in einer anderen Welt

Fuse | Taiki Kawakami | Mitz Vah

Satoru Mikami wurde ermordet. Aber statt im Jenseits zu landen, wird er in einer anderen Welt als Schleim wiedergeboren. Verwirrt, aber mit mächtigen Skills ausgerüstet, begibt er sich auf ein wabbliges Abenteuer durch eine Welt voller Goblins, Drachen und Zwerge!

Candy & Cigarettes

Tomonori Inoue

Raizo Hiragas ruhiger Lebensabend muss warten, denn seine Tochter und sein Enkel brauchen seine finanzielle Unterstützung. Als sich der ehemalige Personenschützer auf einen Job bewirbt, der zu gut klingt, um wahr zu sein, wird er überraschend zum Handlanger einer elfjährigen Killerin?!

Arifureta – Der Kampf zurück in meine Welt

Ryo Shirakome | RoGa | Takaya-ki

Hajime führt ein wenig aufregendes Leben, doch plötzlich wird seine Klasse in eine andere Welt beschworen, um die Menschheit vor dem Untergang zu bewahren! Während seine Klassenkameraden mit außergewöhnlichen Fähigkeiten ausgestattet werden, wird Hajime nur ein magischer Schmied. Wird er in dieser gefährlichen neuen Welt überleben können?

altraverse

Deutsche Ausgabe / German Edition

Aus dem Japanischen von Markus Lange

YORHA SHINJUWAN KOKA SAKUSEN KIROKU vol.1

First published in Japan in 2019 by SQUARE ENIX CO., LTD.
German translation rights arranged with SQUARE ENIX CO., LTD.
and Altraverse GmbH through Tuttle-Mori Agency, Inc.

Redaktion: Kathrin Zimon
Herstellung: Vivien Bergau
Lettering: Vibrant Publishing Studio

Druck: CPI books GmbH, Leck
Printed in Germany

MIX
Papier
FSC FSC® C083411

ISBN 978-3-7539-0752-9
4. Auflage 2023

www.altraverse.de